CW00420457

CUENTOS MACABROS
VOL. 2

Coquín Artero
EDICIONES

CUENTOS MACABROS
VOL. 2

Edición de **agosto de 2023**

Ilustraciones: **Coquín Artero**
www.coquinartero.com (próximamente)

Prologuista: **Riouk Art**

Diseño y maquetación: **M.ª Reyes Rocío**
www.erebyel.es

ISBN: 9798858226178
Edición PoD Amazon

Este libro utiliza las siguientes familias tipográficas:
Títulos y diseño: **Boycot, Amatic SC y Avenir**
Cuerpo de la obra: **Charter**

CUENTOS MACABROS VOL. 2

Introducción

Quien haya disfrutado del primer volumen de los *Cuentos macabros* recordará que el tema central escogido fue un clásico: los zombis. Si no has tenido la oportunidad de leerlo, te recomiendo que le eches un vistazo, pero, no te preocupes, no necesitas haber gozado de aquellos para divertirte con esta nueva serie de relatos que estreno con esta primera grapa.

Este volumen, para que puedan irlos degustando poquito a poco, como galletitas de mantequilla, lo he despiezado para que no se añurguen demasiado.

En este nuevo *Cuentos macabros*, he decidido abordar dos de los temas más fructíferos —cuando de inventarse obras de terror se trata—: el horror cósmico (el horror que viene de fuera) y los desórdenes mentales (el horror que viene de dentro); ambos sacan jugo al principio fundamental de que el miedo más grande del ser humano es el temor a lo desconocido.

Prólogo

¿Quién no se ha planteado en al menos una ocasión la veracidad de sus percepciones? El autor Philip K. Dick permitió que el ejercicio de poner en entredicho la realidad terminase afectando tanto su vida privada como la conexión de sus pensamientos. Hay quien afirma que a favor de generaciones enteras de obras de ficción. Un *quid pro quo* algo injusto, pensarán.

Yo también lo creo; es más, temo por la integridad del autor de esta obra y aprovecho la oportunidad que se me otorga de prologarla para lanzarle una advertencia:

Coquín, empiezas un sendero vistoso, interesante y lleno de recovecos por los que perderse una y mil veces, donde se nota que has indagado, te has puesto en el lugar de los protagonistas y has sufrido los antagonistas, de un modo u otro, para elaborar las situaciones que he encontrado en el papel. ¿De verdad crees que no te terminará afectando? En tu mano dejo esta advertencia. Por algo estoy escribiendo estas palabras.

También para que, quienes las lean, se den por avisados: por supuesto, recomiendo la obra, es interesante, conmovedora, llena de interioridades y personajes complejos, pero también oculta a un duende cabrón que intentará jugar con sus pensamientos con la firme intención de arrastrarles hasta las puertas de la locura.

Léase con precaución, moderación y, quizá, tras asegurarse de haber girado bien la llave en la cerradura.

Aprovechen el viaje bajo su propia responsabilidad.

Riouk Art,
un amigo

Para abrir las puertas de esta colección, sacaremos a pasear a Palín, donde el desorden mental, ya de por sí conflictivo y generador de circunstancias dignas de ser narradas, se tropieza con el terror de un entorno desollado en silencio que te expulsa de la zona de confort. Haciendo que las situaciones desvistan ante el lector a una trama que baila entre lo delirante y lo costumbrista, que lo obligan a allanar la morada de un pobre paria con la intención de rascar las orillas de su pensar delirante.

Busquen, pues, el rincón más cómodo de su humilde morada y disfruten con el tacto y el olor del papel antes de centrar su atención en el camino que un día recorrió «Palín, el coleccionista».

Palín, el coleccionista

—Ya podía haber *heredao* unos millones y no la faena de mi *pae* —solía decir a los compañeros cada vez que sacaba el tema de por qué había dejado el trabajo de enterrador—. *Ej* que me daba mucho *suhto andá* por ahí en la *noshe* porque *sehcuchan cosah* —repetía.

El pobre Palín, que para mayor regodeo se llamaba Manuel Muriente por un fallo en el momento del registro, a menudo decía que oía voces extrañas que le obligaban a hacer cosas que no quería. Lo llamaba voces, aunque eran más pulsiones que otra cosa. Impulsos de una mente rota por los abusos y las drogas. A uno le entraba la duda de si tenía esa expresión por las pipas que se había metido, la medicación o porque, en definitiva, nació con cara de tonto.

Hasta el momento en que cambió la ley, a Palín le correspondía heredar el puesto de enterrador, pero al ayuntamiento de Los Lirios le interesaba descongestionar el tapón económico que suponía mantener a alguien con sus desórdenes mentales en

Ayuntamiento

ese puesto. Tener que sustituirlo en un entierro de manera repentina por una baja, a la que calificaban de caprichosa, suponía tener que llamar a algún operario con plaza de las naves del ayuntamiento, pagarle un pastón y, además, seguir con el sueldo de otro empleado con esquizofrenia declarada, recurrente y, según sospechas, selectiva.

Cuando los del ayuntamiento quisieron quitarle la plaza, los abogados aconsejaron abordar una vía beneficiosa para ambas partes. Lo recolocaron en el horario estable de mañana, como un operario más, y pusieron las funciones del cementerio a repartir por turnos entre el resto de los compañeros. De ese modo, podrían darle la opción de recuperar días de trabajo los fines de semana, descontar días de sueldo cuando dejase las bajas sin justificar y ponerle a recoger escombros por todo el pueblo. Para esto sí que era bueno. A sus veintiocho años era quien más maña y sangre tenía entre los operarios que, como bien mandaba la tradición, hacían regir sobre sus lomos la ley del mínimo esfuerzo.

Cuando lo veían aparecer a su hora, estaban seguros de que ese día no iba a faltar una buena montaña de escombros en la puerta de las naves para llevar al vertedero. No importaba si desaparecía durante toda la mañana. Podías afirmar que estaba trabajando, aunque tuviese que tirar solo con una carretilla desde el otro lado del pueblo.

Era el único con el valor de meterse en el estrecho túnel de mantenimiento de la piscina municipal. Con esa mirada floja que tenía, era capaz de pasar días empecinado en arreglar lo que quiera que le ocurriese al dúmper o la bomba de agua de la plaza del ayuntamiento. Tenía los arrestos de cambiar los plomos de la central eléctrica del pueblo en día festivo para que los servicios básicos no tuviesen que esperar la vuelta de los otros trabajadores.

Era aplicado y responsable de manera patológica, lo que no quitaba que tuviese a sus vecinos al borde del suicidio. Se echaba a dormir con la música de Iron Maiden retumbando en todo el edificio. Tenía la capacidad de discutir a gritos durante horas consigo mismo y contra un entorno cada vez más lleno de parches, hasta que los agentes de la policía local entraban con su llave para calmarlo o, en el peor de los casos, reducirlo hasta que la ambulancia se lo llevase un par de días a urgencias. Según confesó alguna vez, el problema era que cuando se tomaba las pastillas no podía privar… y le encantaba la cerveza y comer *salaíllas* mientras veía documentales de cosas del espacio.

La noche anterior durmió tranquilo como un bebé. Hacía tiempo que tenía controlada la medicación y, según sus propias palabras, se estaba portando bien. Sin embargo, esa mañana se levantó arropado por la suavidad de las sábanas de invierno calentando justo donde hacía falta, mullidas en los sitios adecuados; por eso, cuando sonó el despertador, lo primero que pasó por su mente fue llamar al ayuntamiento diciendo que se encontraba mal, que se tomaría la pastilla de refuerzo y, cuando pudiese moverse, iría al médico a pedir el justificante. El segundo pensamiento fue que se estaba meando como un caballo recién *galopao* y no le quedaba otra que levantarse, salir de la comodidad de la cama e ir al baño.

Acometidas las funciones matutinas, la idea de llamar al ayuntamiento ya no parecía tan buena. Despierto, de pie, en marcha y con el culo al aire, meneó la punta de su dedo índice en la llaga entre las pequeñas teselas de azulejos en la pared hasta despegar un huequito más. Colocó la pieza en la jabonera y al dar un paso atrás, se maravilló ante la absurda composición que formaban las dos docenas de huequitos cuadrados sobre la pared blanca.

—A la tarde ya lo pongo.

Desvió la mirada hacia la ventana y le sorprendió gratamente no ver aún a nadie por la calle.

—Los días sin gente son mejores para trabajar —musitó mientras buscaba el mono del curro y se ajustaba algunos mechones de pelo bajo la gorra.

Un último posado ante los restos del espejo de la entrada, las llaves de la nave en el bolsillo, las botas bien abrochadas, la visera centrada y una especie de sonrisa que no quería forzar para no parecer aún más viejo; ritual necesario para empezar bien la mañana.

—Todo va a salir bien.

Portazo y a la calle.

De camino al polígono industrial el silencio era absoluto. Respiraba una tranquilidad digna de un día de fiesta, observando los contenedores por si le habían dejado algún mueble para tirar en el vertedero, pero no encontró nada fuera de lo común hasta que llegó a las puertas de las instalaciones, donde se topó con una cabeza humana tirada como una colilla. Sabía que le tocaría recogerla del suelo, del mismo modo que hacía con los restos de cualquier otro animal muerto. Abrió la puerta chica de acceso, sacó una bolsa de plástico del interior y guardó la testa amputada, la colgó del asa de un contenedor de la basura.

Se hizo la hora de abrir el portalón y sacar los vehículos, pero por allí no apareció nadie y él tenía que trabajar. Esa era su función. No era culpa suya que no aparecieran. Miró el móvil. No era domingo, por eso procedió a hacer algo para lo que había sido vetado desde su primera virada de casco como operario: conducir los vehículos.

Pensó en la faena que se le iba a acumular si no sacaba los camiones para dejar paso a su carretilla y, con el pulso bajo control, procedió a sacar uno a uno todos los coches, camiones, camionetas, dúmpers y, al final, la carretilla de mano.

Nadie apareció durante la mañana, y no lo harían en toda la tarde. En cuanto vio que todos los vehículos estaban listos, ningún conductor y él con su cara de tonto frente a ellos, carretilla en ristre. Algo se le iluminó en el semblante.

—¿Quién *si* va a enterar?

Cerró el portalón y arrancó la camioneta en la que normalmente viajaba como copiloto. Una con un cajón espacioso y desvencijado donde cargar suficientes desperdicios. Vieja pero sencilla de conducir, con fuerza, capaz de aguantar peso. La primera parada fue en la estación de servicio del ayuntamiento. Llenó el vehículo y salió acordándose de cerrar bien porque «los ladrones siempre están al acecho», pensó. Lo repitió cuatro o cinco veces mientras cerraba en orden los candados de acceso, del mismo modo que hacía cada vez que tenía la suerte de viajar en ese cacharro. Se pasaba la jornada subiendo y bajando, pero al menos no tenía que caminar y conducía otra persona.

La segunda parada fue en el Parque Blanco. Un espacio amplio y encalado hasta el punto de cegar en los días de sol. Se usaba durante las noches de fin de semana como espacio de recreo para los más fiesteros del pueblo. Allí solía encontrar de todo. Muchas botellas, por supuesto, carros de supermercado, ropa, bolsos, enseres personales, mascotas muertas... una vez se vio de frente con los restos aún calientes de un sacrificio ritual y cuatro o cinco gallos descabezados.

En esta segunda parada, encontró que para su gusto la basura excedía las proporciones de la normalidad. Sillas y mesas propiedad de una terraza cercana reposaban esparcidas por doquier. Muchas rotas. La mitad del toldo colgaba desgarrado de cuatro hierros oxidados y torcidos que asomaban de una pared, la otra mitad se enredaba entre bolsas de desperdicios y sillas hechas polvo.

Con eso tenía para un viaje con el camión hasta arriba. El local podría recuperar los restos del mobiliario en el mismo vertedero si quería. No podía esperar a que se les ocurriera abrir el negocio para preguntar qué iban a hacer con ellas.

Empezó por desenredar el trozo de toldo para descubrir que los desperdicios resultaron ser varios cuerpos con las cabezas dispersas por el parque.

Se paró en seco y alzó la vista para valorar la situación a su alrededor. Allí había mucho curro, muchos viajes. Iba a tener que organizarse bien.

Terminó de romper las sillas para hacerlas más pequeñas, desenredó el toldo y lo dobló, llenó y cargó las papeleras del parque con las botellas en la camioneta, barrió y llenó un mínimo de diez sacos industriales con restos de adoquines, ramas y ropa, y dejó los cuerpos para el final, rígidos como tablas, como las criaturas que solía recoger a la orilla de la carretera.

Tras varias horas, tan solo faltaban los cadáveres, pero no quedaba espacio para llevarlos tal cual estaban. Así que los trató como a las sillas y con la misma pala de recoger gatos muertos, seccionó a golpes brazos y piernas de torsos y apiló varios montoncitos que organizó por tamaños. Por fin, el Parque Blanco estaba limpio, el camión cargado y las cabezas en el puesto del copiloto.

Durante el trayecto al vertedero no dejaba de reparar en lo bien que se veían esas bolas peludas que miraban a distintos puntos del habitáculo desde el asiento contiguo. Tenían el atractivo de un objeto coleccionable. Como tantas otras colecciones que nacieron en la gran pared de su salón y después cayeron en el olvido, Palín las imaginó ordenadas por estanterías o colgadas de varias barras cual chaquetas en el armario durante el verano.

El corazón le empezó a aletear dentro del pecho al ver el camino salpimentado por decenas de

Deadinside

cadáveres a las orillas de la carretera y reposando en los descampados.

—¡*Lavín*, *compae vieo*! ¡Qué paranoia! ¿*Aes* primo? —se dijo para sus adentros en un musitar nervioso de ilusión—. Si algún día eh *er* día, *ehte eh er* día, primo.

En el vertedero no se molestó siquiera en abrir la puerta. Tiró la basura, los cuerpos, volvió a las calles y, a golpe de pala, se lió a recolectar cabezas de todo tipo. Ese primer día llevó a su casa veinticinco ejemplares que expuso en el suelo, ante la pared. Desperdició la noche ideando la mejor manera de exponerlas, colocando los bultos sobre los pedazos de parquet pendientes de reparar. En su mente esa posición le inspiraba tranquilidad, orden... armonía...

Al despuntar el alba cayó en la cuenta de que se le pasaron las dos últimas tomas. La preocupación quiso hacerse un hueco en su pecho. Solo un segundo. A continuación, como siempre que se olvidaba de las pastillas, le dijo al espejo que él se sentía bien y la imagen asintió primero y sonrió después. Entonces, se fue la luz.

Por suerte, sabía lo que tenía que hacer. Con echar un vistazo a las farolas de la calle, entendió que se trataba de la central eléctrica donde una vez cada tres días era necesario cebar las flejadoras para que la electricidad pudiese llegar a las viviendas. Eso le recordó que además sería necesario echar un ojo de vez en cuando a la central potabilizadora, que estaba junto a la eléctrica, para asegurar el flujo de agua. Media mañana perdida.

El resto de la tarde era para él y sus cabezas. Perdió la cuenta de las palas que rompió hasta que por fin cargó la cizalla de emergencias para rescate. Pesaba un poco, pero cortaba los gaznates como palitos de pan con mantequilla.

Esa segunda noche apareció con cerca de cincuenta nuevas piezas para su colección. Tuvo que apartar el mobiliario para poner orden entre todos los ejemplares. Limpió todo con primor y extendió plástico por el suelo de la estancia para que los humores que desprendían las cabezas no soplaran aún más las «madericas». Se puso en pie justo en el centro de todos. Mirando y pensando. Desde fuera, de verdad que su aspecto era muy absurdo: le colgaban los brazos como a un orangután, agachaba tanto la cabeza en el esfuerzo de concentración que los hombros se le ponían a la altura de las orejas, la boca abierta, la mirada cansada y vidriosa… hasta que saltó una chispa.

Se pasó un buen rato rememorando el día en que se rompió el sistema de alcantarillado bajo los sótanos de la iglesia. Tuvieron que amontonar sacos y sacos de silicato contra las paredes para absorber la humedad residual. Con unos pocos sacos bastaría.

Volvió a posar ante los restos del espejo y salió dispuesto a la calle.

—*Andaaaaluuuuusee, leeevaaaaantaaaaaoooo.* —Su canturreo se desplazaba por el hueco de la escalera de camino al portal.

En la calle seguía imperando el silencio y Palín se regodeó en el eco de sus pisadas hasta que un sonoro ¡clonk! metálico callejeó hasta sus orejas. ¿Alguna banderola suelta? Nadie se estaba ocupando de mantener los locales. Él mismo había descuidado el mantenimiento excepto del suministro de agua y electricidad. Alguna papelera descolgada, el viento…

Al pasar por la puerta de la iglesia detuvo el paso para rebuscar entre las llaves. ¿Cuál era la de la sacristía? Cuando no se tomaba la medicación no solo volvían a asaltarle pensamientos inconexos y absurdos que tejían realidades alternativas; los efectos de la supresión le causaban un hondo malestar que intentaba ignorar con aparente éxito. Lo que no podía ignorar era el sudor y el sueño de un par de días sin dormir. Le chorreaba la cara, la espalda y, sobre todo, las manos. Empezó a ponerse nervioso porque algunas llaves se escurrían de sus dedos, otras se enganchaban entre sí y, por último, al intentar limpiar el sudor de su rostro con el dorso de la muñeca, se le cayó el llavero entero al suelo.

—¡Puta!

Se apresuró en agacharse para ver si apoyando el manojo en el suelo le resultaba más fácil dar con la buena.

—Ya te puedes ir levantando, Palín —oyó decir a su espalda—. Esas llaves me las quedo yo.

Manuel Muriente, es decir, Palín, reconoció la voz del Palomo. Lo conocía muy bien desde el colegio. Siempre había sido un paleto entre los paletos. Un delincuente psicópata criado entre animales a medio asalvajar. Pertenecía a esa parte del pueblo que empezaba a convertirse en un montón de fincas valladas. Tenía un terreno con un cuarto de aperos venido a más donde solía hacer trapicheos y acumular chatarra. Desde que había muerto su abuelo, el lugar se había convertido en el centro neurálgico del mal fario. Las fincas a su alrededor habían amurallado todos los lindes con su terreno con, al menos, tres metros de altura en el punto más bajo para no tener nada que ver con él.

Había podido reconocer a mucha gente entre las cabezas. Personas a las que veía con vida todos los días, pero hasta ese momento no se había planteado siquiera qué era lo que podía estar pasando.

Cuando al volver la vista distinguió el machete exageradamente grande en las manos del Palomo, se hizo una ligera idea de todo. Volvió a parecerle raro cuando vio detrás del despojo humano a dos cadáveres con los ojos vendados y amordazados, de pie y cogidos por cadenas al cuello.

Se había gozado la preparación de muchos muertos desde muy niño. Por supuesto que sabía lo que eran esos dos. Lo raro es que estuviesen en pie, siguiendo al demonio encarnado del pueblo igual que una pareja de pitbulls.

El elemento ese no desaprovechaba ocasión alguna para hacerle sentir mal. Siempre lo había acosado y ese día no iba a ser menos.

—Que dejes las llaves, puto loco. —Palín se quedó quieto mirando a los muertos y reconoció en ellos a los dos secuaces del Palomo. Almas perdidas que no tenían más aspiración en la vida que seguir las animaladas de su… digamos: líder. Por lo que parecía, también le seguían en la muerte.

Tenía la cabeza de una prima suya. La reconoció con tan solo verla. La del alcalde fue una de las primeras, después vinieron las de varios de sus compañeros, vecinos. No eran todas las cabezas del pueblo y la mayor parte las había tenido que seccionar él mismo de los cadáveres que encontraba por el camino, pero otras muchas habían sido cortadas por el machetón del Palomo. Palín se levantó sin despegar la vista de los dos cadáveres que se meneaban intentando ubicarse con el olfato.

—No me jodas que llevas *tolrato* manejando muertos y aún no te habías *encontrao* con uno de estos —preguntó el Palomo con sorna—. *Pos* que *sepah* que me los he *tenío* que *ventilá* yo solo, *asín* que ahora mando yo en el ayuntamiento y en la iglesia y en *tó*. Dame las llaves —repitió.

A Palín, por encima del nivel de amenaza, le llamó significativamente la atención lo muchísimo que se le estiraba siempre el cuello a este hombre cuando se ponía chulo. Le recordaba al cuello pelado de los gallos salvajes de la Vega al cantar. Pensó que, si a un cuello como ese le hacías el tajo a la altura de la clavícula, al contraerse el pellejo no le iba a formar mucha papada. Ya puestos a coleccionar, tenía hasta la cabeza del basurero. Le vendría bien la cabeza del malote del pueblo.

Se levantó y dio un paso atrás a sabiendas de que en algún momento el Palomo haría algo a traición, como siempre. Las cosas habían cambiado en el pueblo. Muchos de los que podrían reprender su actitud o despedirle por sus repentinos cambios de humor descansaban, al menos parte de sus restos mortales, sobre el parquet de su salón.

—*Asín* me *guhta*, puto —continuó diciendo mientras hacía amagos de echarle los muertos encima. Babeaban y escarbaban el aire con las uñas a medio arrancar del borde de los dedos.

El Palomo se acercó al llavero y lo pisó con una bota de cuero llena de tachones por todos lados.

—Una cosa te *ví aisí*. Ahora *vamo* tú y yo a *bujcá lah* cabeza que las voy a *queré pa* mí, que *semán antojao* y te va a *callá* la boca.

Palín mantuvo la distancia con la cabeza gacha.

Al ver que no respondía, el Palomo quiso agacharse con rapidez para coger el manojo de llaves con algún dedo de la mano que sujetaba el machete. La otra aguantaba con firmeza el asa de dos largas varas con una cuerda en su interior. Servía para mantener a los cadáveres andantes sujetos a una cierta distancia.

Trastabilló por lo largo del machete. Habría sido una tarea sencilla de no tener que andar con las manos ocupadas. No hacía falta ser ingeniero para meter una de las falanges entre las argollas, hasta con el mango exagerado de su machetón ocupando el resto de los dedos.

Cuando Palomo miraba a Palín, solo veía al chico raro del que se burlaba en la escuela, la cara de tonto amodorrada por años de medicación, y coqueteos con las drogas; la torpeza de un hombre apocado

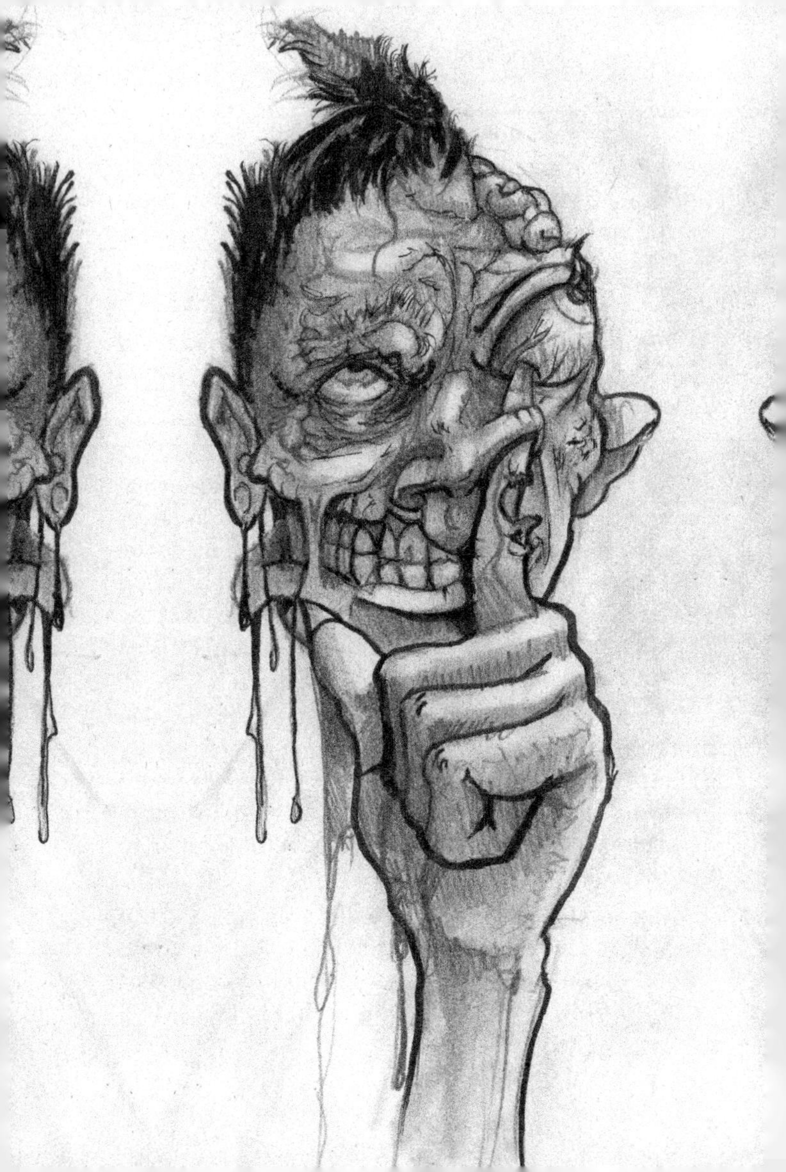

que seguía vivo por pura suerte. No veía al Palín que trabajaba incansable tirando de la carretilla pueblo arriba, pueblo abajo. Ni veía al Palín que cargaba a diario y en solitario varios camiones de voluminosos deshechos, ignorando cansancio, dolor, clima y las horas seguidas de trabajo inhumano que lo habían convertido en una mole más dura que el hormigón romano.

Desvió solo un segundo la mirada para enganchar el llavero. Un instante muy corto de despiste que se podía haber ahorrado y cogerlo por sorpresa, pero ¿qué peligro podía haber? Era Palín, el *tontolpueblo*.

En el momento en que la mano que sostenía los dos muertos vivientes se le desplazó sola hacia atrás, ni siquiera pasó por su cabeza que Palín podía estar arremetiendo con su corpachón contra sus esbirros y los tres se le cayeron encima. El hijo del enterrador sabía que era torpe y, para algunas cosas, muy lento también, pero era fuerte, bruto y tozudo.

Los muertos, al sentirse empujados reaccionaron aleteando con los brazos, dando tortazos al vacío que conectaron en varios puntos sobre la mole marmórea del cuerpo de Palín. Le arrancaron la gorra con varios mechones de pelo de regalo, pero no le importó. Tampoco le importó partirse la nariz por golpear con el morro contra el pecho de uno de ellos. Cayó con las rodillas sobre la cadera del Palomo, con una mano en el hombro de cada muerto que, con el embate del empellón, se soltaron de la presa que este les había puesto. Eso no quiere decir que quedasen libres. La fuerza de Palín no tenía límites en ese momento y fue más que suficiente como para intentar ahogar a su oponente con el cuerpo de los cadáveres que se habían puesto a soltar bofetones en su dirección.

Palomo soltó un machetazo al bulto por instinto y la hoja se le quedó incrustada en el húmero del que tenía más cerca. No le sirvió de mucho aparte de para perder el arma. Quiso darse la vuelta para quitarse de en medio; sin embargo, las rodillas de Palín apretaban su cadera y su propia rodilla derecha contra el suelo. Palín solo hizo lo que mejor sabía hacer: empujar con fuerza.

Los muertos, amordazados, daban cabezazos contra la cara del Palomo intentando morder lo que encontrasen en el camino a través de la mordaza. El Palomo no tardó en sofocarse, los dedos se le doblaron hacia atrás intentando empujar las barbillas de sus atacantes y Palín siguió embistiendo hasta que el Palomo se desmayó.

Los dos cadáveres seguían aleteando y, por más que apretase, no se desmayaban; Palín se incorporó afianzando la planta de los pies sobre las losas de la acera y agarrando con fuerza la espalda de los muertos, y comenzó a estamparlos contra el suelo hasta que sus cabezas quedaron reducidas a cáscaras vacías y sus sesos pintaron el suelo de rojo y negro.

Con la cara chorreando sangre a medio pudrir y borbotones de sudor marcando surcos de roña por su cara, Palín se puso en pie y sacudió la cabeza antes de hacer una honda inspiración. El Palomo seguía con vida. Su cuello yacía estirado hacia atrás e inspiró un pálpito ambicioso en la mente de Palín. «Sí, esa cabeza quedaría muy bien en mi salón», pensó.

Agarró el machete, lo arrancó del brazo del muerto y terminó el trabajo.

Con el Palomo descabezado, aún palpitando en el suelo, sintió que le debía unas últimas palabras por conocerse de toda la vida.

—Estás bonito *pa* un caldo.

Cogió con esfuerzo las llaves y la cabeza del peor engendro que había parido el pueblo para entrar en la sacristía, cerró la puerta tras de sí y se dejó caer sobre un banco, observó durante largo rato la mirada perdida de los ojos sin vida del Palomo. Dejó a las voces de su cabeza gritar a sus anchas mientras él se echaba una siesta.

Palín era de esas personas que necesitaba de un orden en las cosas a su alrededor fluyendo correctamente. No importaba si dicho orden se sustentaba sobre una falsa realidad o si sus funciones derivadas no servían para nada. Era muy consciente de ser un engranaje más y debía seguir girando para poder sentirse un ser humano normal. Por eso seguía poniéndose el uniforme cada día; por eso seguía pensando en que la basura tenía que ser recogida y amontonada en el vertedero; por eso, con hondo pesar en su corazón, tuvo que poner a cada cabeza en el lugar que le correspondía. Al menos a las más relevantes.

De vuelta a casa paró dos veces a echarse algo de tierra en el raspón de la cabeza, bajo la gorra. Con tanto sudor, los arañazos no se terminaban de coagular y el barrillo que se formó y mezcló con la sangre, bajó por su patilla para dibujar surcos de roña sobre su cuello. Un desafortunado consejo médico que escuchaba de niño en el pueblo; para él, mano de santo, aunque, para cualquier conocedor de la medicina general, echarse tierra en las heridas sería una locura que, en el mejor de los casos, llevaría toda su vida fortaleciendo su sistema inmune.

Al verse en el espejo de la entrada, comparó su aspecto con el de la cabeza recién cortada del Palomo.

¡¿Quién sabe qué pasó por su mente?! Estuvo al menos tres días encerrado en casa mirando cómo el conjunto de setenta y pico cabezas se desecaba lentamente sobre una cama de sacos de silicato. Durante ese tiempo, ideó varios sistemas para exponer una selección entre las que carecieran de algún cargo en el ayuntamiento. Entre ellas, justo en el centro, la del Palomo ensartada en una vara, como si fuera el acusado ante un celebérrimo tribunal.

Al cuarto día tuvo que volver a hacer una ronda por los servicios de distribución de electricidad y aguas. No lo hacía por tener suministro. Es muy posible que pudiese pasar sin ellos. Necesitaba saber que seguía siendo útil. No esperaba agradecimiento alguno (total, no había nadie a la vista), solo buscaba que no se le acabara la faena. Cuando no tenía nada que hacer, se hinchaba a beber cervezas y no le gustaba la persona descuidada en la que se convertía.

Volvió a cebar los flejadores de la planta eléctrica, pero esta vez llevó consigo varios sacos de tela con más de cuatro docenas de cabezas limpias, peinadas, envueltas en telitas y a medio disecar. Llave en mano, abrió las puertas del ayuntamiento para ir directo al salón de actos y así colocar a cada una en el lugar que le correspondía durante las reuniones importantes.

Las cabezas se afearon un poco al ser ensartadas por los palos de cepillos y fregonas que Palín les metió por el cuello. Él las veía bien y daban la sensación de que la maquinaria seguía funcionando. Esas expresiones a medio derretir, cada una distinta, cada una cargada de sentimiento, parecían protagonizar el más acalorado de los debates.

No todos pertenecían al ayuntamiento.

Ensartó algunas cabezas en la valla baja del parque de Las Flores, junto al banco en el que se sentaban los viejos. Otra, la del guardia, la enganchó dentro del volante de su patrulla, y, en el parque de los remos, tres cabecitas de infante quedaron sentadas prolijamente en los asientos de los columpios, como quien comparte impresiones de la clase del día anterior.

El pobre tenía la desgracia de conocer gran parte de los pormenores más morbosos de las relaciones entre sus vecinos. Todos pensaban que era medio tonto y confundían su mente con la de un niño que no entiende nada de lo que oye. Nada más lejos de la realidad. Esto le trajo quebraderos de cabeza (nunca mejor dicho) a la hora de elegir ciertas ubicaciones, pues no quería ofender a ninguna de las clavadas sometiéndolas a ciertas cercanías.

Al final, cuando por fin todo estuvo en su sitio y, como diría él, con «cada mochuelo en su olivo», abrió con su llave el banco de alimentos, volvió a cerrar y se sentó a comer un cruasán medio rancio con un zumo de pera-piña en la escalinata del consistorio municipal.

Dudaba entre bocados si seguir con el riego de las plantas en la cuba de los bomberos, o continuar apartando escombros con el camioncito cuando, entre las casas del otro lado de la plazuela, apareció la figura de Meli, una de las peluqueras del pueblo. También se conocían de toda la vida, aunque nunca habían tenido mayor relación que la de una vecina con cualquiera de los operarios del ayuntamiento.

Al verla, Palín se puso en pie y acomodó sus vestiduras mientras se sacudía las migas del pantalón.

—Hola, Meli, mi niña, ¿cómo *estáh*?

Con un rápido vistazo pudo darse cuenta de lo desmejorada que se encontraba. Ella, que siempre había sido la viva imagen de su negocio, una profesional de la estética, tenía el pelo arremolinado en un moño sin cuidado alguno, con ropas que no dejaban ver su voluminosa y atractiva figura, y, en vez de tacones, botas de corte militar y caña alta.

—Palín, ¿me conoces? —preguntó ésta con prudencia—. Soy Meli, la niña del Payo.

—Claro, claro, *muhé*, ¿*tas* bien? *Ej* que te veo pachucha. —Estiró el cuello y al no ver a nadie más, continuó—. La farmacia *ehtá cerrá*, pero dejé a la Marcela en la puerta *pa* cuando abran.

—Palín, hazme el favor y dame a mi padre —dijo Meli con la voz quebrada antes de echarse a llorar y ponerse de rodillas en la distancia—. De verdad que te agradezco lo de la luz y el agua, todos los que quedan te debemos una, pero, por favor... —una arcada provocada por el llanto le cortó la frase.

El hombre, confuso y conmovido, se apresuró a acercarse con afán de ayudarla a ponerse en pie.

Empezaba a oscurecer, la plaza estaba en silencio. Los pasos apresurados de Palín hicieron que las llaves sonasen como un hombre orquesta. El escándalo sobresaltó a la mujer que le pidió con señas que se moviese más despacio.

—Por favor, no hagas ruido —le rogó.

Palín parecía despreocupado, con ese tono de voz de quien habla desde el fondo de un barril:

—*Zi eh* por *er* Palomo, no te vaya a *procupá* que *eze* ya *nostá*. Vente. —La cogió con cuidado del brazo y la incorporó—. A tu *pae* lo *puze ner* salón del ayuntamiento *ener* sitio *der consejá* de urbanismo. Me va a *perdoná*, pero no podía *dejal-lo* en la calle.

Para ese entonces, Meli y un reducidísimo grupo de supervivientes llevaban días parapetados en el interior de sus casas. Nadie sabe qué fue lo que dio origen a la desastrosa e incomprensible sucesión de acontecimientos que los llevó a esconderse como conejos asustados en sus madrigueras. Lo que sí sabían es que una semana antes, en medio de la tarde, un vehículo sin control que nadie conocía en el pueblo se precipitó a toda velocidad por la avenida principal que daba al Parque Blanco. Dentro, una pareja de mediana edad se daba puñetazos e intentaban reducirse mutuamente. El coche terminó estrellándose contra una terraza flanqueada por una valla de metal que impidió la huida de los que allí se encontraban.

En un segundo, las sillas, mesas, valla, coche y vecinos quedaron enredados en una masa sanguinolenta y sufriente que gritaba y se retorcía. Imposible describir la mezcla del olor resultante de la goma quemada contra el asfalto, gasolina y fluidos corporales de todo tipo.

Como el parque se encontraba bastante concurrido, no tardaron en aparecer vecinos con la intención de socorrer. En el interior del coche, a través de los cristales rotos, aún se movía uno de los ocupantes. Se agitaba frenético dando cabezazos contra el volante y haciendo sonar el claxon. Entendieron que era prioritario auxiliarlo, pero al acercarse el primer buen samaritano, le soltó una fortísima vomitona directamente en el rostro que lo tumbó de espaldas. No tardó en retorcerse en el suelo entre convulsiones y, al final, quedó inconsciente.

La gente corría de un lado al otro. La situación era tan caótica que hizo que el fenómeno pasase a un segundo plano hasta que, de un salto, el buen samaritano, vomitado como estaba, se puso en pie con los ojos inyectados en sangre y las manos en garra a la altura del pecho preparadas para atacar.

En el vehículo, el conductor, fuera de sí, se arrancó un pie a tirones para poder salir y atacar a cualquiera que se cruzase en su camino.

A los pocos minutos, la mayor parte de los que esa tarde se encontraban disfrutando de la puesta de sol en el Parque Blanco repetían la conducta de los dos primeros infectados. Se desperdigaron por todo el pueblo sembrando caos y confusión. Uno de los heridos pensó que sería buena idea volver a montarse en el coche accidentado y huir atropellando a los pocos supervivientes que aún luchaban por salir de entre las ruinas de la terraza. Otros, haciendo acopio de fuerza y sangre fría, comprendieron que solo sobrevivirían matando a los que hacía unos minutos eran sus familiares y amigos.

Cogió al pueblo por sorpresa y sacó de algunos de sus habitantes la personalidad oculta de los monstruos inadaptados que realmente eran. El chico amable y reservado del estudio de tatuajes fue visto reventando cabezas a puñetazos mientras cantaba una canción de REM, hasta que una de las hijas del profesor de filosofía le aplanó la nuca con una tubería entre carcajadas. Las mareas de infectados recorrieron calles enteras e invadieron viviendas, como el caso de los chicos que jugaban a la baraja en la calle Sevilla dando voces, hasta que llamaron la atención de uno de esos ríos de gente que después erró por la vega en busca de otros pueblos por los que extender la infección.

El Palomo, ese hijo de mil perros sarnosos supo sacar tajada desde el principio, era el único suficientemente enfermo como para hacerlo... Pero también estaba Palín, que asomó la cabeza cuando el peligro seguía ahí, pero lo grueso había pasado, haciendo sus labores de mantenimiento como cualquier otro día, sirviendo sin saberlo al resto de los supervivientes que se escondían en sus casas, dándoles electricidad y agua con la que poder sobrevivir mientras contaban su historia en los últimos coletazos de internet. Ocultos en sótanos, baños, despensas, parapetados en las azoteas, asustados, vencidos.

Todos miraban a su héroe involuntario a través del visillo de sus ventanas y se alegraron cuando decidió meterle un tajo con su propio machete al desgraciado del Palomo. Querían salir a ayudar, aunque ya saben... unos tienen familia, a otros les dolía la rodilla, lo típico.

Los supervivientes fueron poco a poco asomando el hocico como caracoles al sol cuando Meli y Palín tocaron casa por casa cargados con cajas del banco de alimentos.

Por desgracia, solo quedaban unas pocas decenas de bocas con vida. Las suficientes para intentar empezar de nuevo.

En ese nuevo pueblo de Los Lirios costó mucho volver a enderezar la moral y organizarse en sociedad. Como se comenzó a decir: nadie quiere que nos convirtamos en una panda de palomos sin cabeza.

Para lo que era realmente necesario, contaban con una enorme ventaja: Palín sabía cómo llegar a cualquier sitio, cuál era la llave que abría la puerta oportuna. Era experto en el uso de todos los vehículos importantes para esta empresa y las herramientas. Gracias a él pudieron mantener la central eléctrica en funcionamiento durante los primeros meses, en los que también ayudó a un ingeniero a fabricar fuentes de alimentación electrodinámicas en los espacios esenciales y habitados.

Aunque no pareció sorprenderse en exceso por las historias que contaban los vecinos acerca del principio del desastre, se convirtió en el principal ideólogo del sistema de defensa en lo que quedaba del pueblo de Los Lirios.

Todo pasaba en algún momento por sus manos. El pueblo entero tuvo que aprender sobre la realidad alternativa que brotaba de vez en cuando desde lo más profundo de su mente. Tan amado y arropado por todos que se solía bromear con que todo funcionaba mejor desde que medio pueblo enloqueció un poco para integrarse en su realidad.

Por supuesto, no volvió a tomar la medicación. Tampoco a tomar cerveza, y pocas fueron las saladillas que le dio tiempo a comer antes de que se acabasen del todo.

Muchas cosas cambiaron. Casi todo, excepto aquello que para él resultaba esencial: su rutina, la obligación de empujar pasase lo que pasase y no rendirse jamás.

Por eso la muerte lo sorprendió durmiendo. Una ola de esos muertos que caminaban como marabuntas silenciosas arremetió contra la entrada de su edificio (donde decidieron dejarlo vivir solo), en busca del origen de la estridente y rítmica *Seventh Son* de Iron Maiden.

Antes de terminar la canción, Palín ya se había convertido en un mártir de leyenda.

Porque esta, amigos, no es una historia de superación, ni de alabanzas al camino del héroe.

Es solo una parte del apocalipsis.

Apuntadilla

Despertar oscuro de esos de siesta sin control, donde uno desconoce el momento del día en que está. Uno de esos se encontró nuestro protagonista, solo que, en esta ocasión, la siesta se le fue de las manos un poco más que de costumbre.

Si Palín llegó a nuestro cuento con los muebles de la cabeza colocados de una manera especial, adelantamos que las expectativas de nuestra siguiente historia parten desde la perspectiva de una mentalidad más normativa, llena de los sueños y planes de futuro a los que todo el mundo tiene derecho. Sueños que corren el riesgo de llenarse de agujeros en cualquier momento. Extiendan, pues, esta invitación a sus personas cercanas. La historia de la siguiente grapa, «Huecos de un sueño roto», viene reptando desde nuestros cubículos de creación para tomar forma de libro impreso en menos de un mes.

Momento en que, de algún modo, nos volveremos a encontrar. Como diría el amigo Spock: «De mi mente a tu mente, de mis pensamientos a los tuyos».

Sobre el autor
Coquín Artero

Nació en Las Palmas de Gran Canaria en 1979. El entorno urbano de la década de los años 80 marcó profundamente el estilo y las formas del autor. El polígono de Jinámar, como lugar en el que desarrollar sus primeros estudios, raspando la vida útil de la EGB y BUP, marcó sus dinámicas de convivencia y le otorgó las primeras dosis de relativismo cultural que, complementado con haber vivido durante 20 años en diferentes ciudades españolas, tuvo como fruto la creación de historias ambientadas en lugares y culturas completamente distintas entre sí.

Cursó estudios universitarios en la Universidad de Barcelona, la UNED y la UGR respectivamente, aunque su oficio, salvo periodos relativamente cortos en el mundo de la docencia y la traducción, siempre estuvo orientado hacia las artes plásticas y escénicas. Actualmente, arrastra una experiencia de más de 20 años en el mundo del tatuaje.

Su primer libro autopublicado, *Cuentos Macabros vol.1: Historias de un apocalipsis zombi*, está disponible en impresión bajo demanda en Amazon; donde también puedes encontrar la colección de relatos de *Crónicas ocultas del Puerto de La Luz*.

Esta edición de
la serie
Cuentos macabros vol. 2

Grapa 1:
Palín, el coleccionista

se publicó en agosto de 2023
y se ha impreso bajo demanda por
Amazon

Printed in Great Britain
by Amazon